Mein vergrabener Schatz

Richard Harding Davis

Writat

Diese Ausgabe erschien im Jahr 2024

ISBN: 9789359948362

Herausgegeben von
Writat
E-Mail: info@writat.com

MEIN VERGRABENER SCHATZ

Dies ist die wahre Geschichte einer Suche nach einem vergrabenen Schatz. Der einzige Teil, der nicht wahr ist, ist der Name des Mannes, mit dem ich nach dem Schatz gesucht habe. Wenn ich seinen Namen nicht preisgebe, wird er mich die Geschichte nicht schreiben lassen, und da es seine Expedition war und mein Anteil am Schatz nur das ist, was ich durch das Schreiben der Geschichte verdienen kann, muss ich so schreiben, wie er es diktiert. Ich denke, die Geschichte sollte erzählt werden, denn unsere Erfahrung war einzigartig und könnte anderen von Nutzen sein. Und außerdem brauche ich das Geld.

Es gibt jedoch keine Vereinbarung, die mich daran hindert, ihn so zu beschreiben, wie ich denke, dass er ist, oder so genau wie möglich wiederzugeben, was er gesagt und getan hat, wie er es gesagt und getan hat.

Aus Identifikationsgründen werde ich ihn Edgar Powell nennen. Der Nachname hat keine Bedeutung, aber der Vorname ist nicht zufällig gewählt. Der Leiter unserer Expedition, ihr Kopf und Gehirn, war und ist die Art von Mann, die man mit Edgar ansprechen würde. Niemand würde auf die Idee kommen, ihn „Ed" oder „Eddie" zu nennen, ebenso wenig wie es ihm einfallen würde, ihm auf die Schulter zu klopfen.

Wir waren zusammen auf dem College, aber da sechshundert andere Jungen zur gleichen Zeit dort waren, lässt das keinen Rückschluss auf seine Identität zu. Seit damals, bis er mich wegen des Schatzes besuchte, hatten wir uns nicht mehr getroffen. Alles, was ich von ihm wusste, war, dass er die

Nachfolge seines Vaters bei der Herstellung von nicht schrumpfbarem Flanell angetreten hatte. Natürlich versteht der Leser, dass dies nicht der Handelsartikel ist, den er herstellt, aber es kommt ihm nahe genug und lässt auf die Branche schließen, der er sein Lebensblut widmet. Es ist nicht mit meiner eigenen Branche vergleichbar, und daher war ich ziemlich verwirrt, als er mir auf dem offiziellen Briefpapier für nicht schrumpfbaren Flanell schrieb, dass er mich in Bezug auf eine geschäftliche Angelegenheit von „gegenseitigem Nutzen" sprechen wollte.

Ein paar Tage später kam er um neun Uhr morgens, zu einer von ihm gewählten Uhrzeit, zu mir nach Hause in New York.

Abgesehen davon, dass er sich einen Bart wachsen ließ, war er so, wie ich ihn in Erinnerung hatte: dünn und groß, aber ohne Brust und mit hängenden Schultern. Er trug eine Brille, und wie in alten Zeiten betrachtete er einen durch diese Brille missbilligend und misstrauisch, als ob er vermutete, man könnte versuchen, Geld zu leihen oder sogar mit ihm zu scherzen. Wie bei Edgar hatte ich nie die Versuchung verspürt, das eine oder das andere zu tun, das war ärgerlich.

Aber aus Gewohnheit begrüßten wir uns mit Vornamen, und er nahm argwöhnisch eine Zigarre entgegen. Dann musterte er mich mit seinen Augen und seiner Brille und schwor mir Verschwiegenheit ein, und dann begann er plötzlich:

„Unsere Fabriken", sagte er, „sind in New Bedford; und ich besitze dort und in Fairhaven mehrere kleine Hütten. Ich vermiete sie zu einem moderaten Preis. Neulich wurde einer meiner Pächter, ein portugiesischer Seemann, plötzlich krank und ließ mich holen. Er war viele Reisen von Bedford in die Südsee und wieder zurück zum Walfang unternommen und erzählte mir, dass er auf seiner letzten Reise in seinem früheren Zuhause in Teneriffa angehalten hatte. Dort hatte ihm sein Großvater ein Dokument gegeben, das ihm *sein* Vater hinterlassen hatte. Sein Großvater sagte, es enthalte ein wichtiges Geheimnis, das aber nur in Amerika von Wert sei, und dass er bei seiner Rückkehr auf diesen Kontinent sehr vorsichtig sein müsse, wem er es zeige. Er sagte mir, es sei in einer Art Englisch geschrieben, das er nicht verstehe, und dass er Angst gehabt habe, es jemandem zu zeigen. Er wollte, dass ich das Dokument als Zahlung der Miete akzeptiere, die er mir schulde, unter der Bedingung, dass ich es nicht ansehen dürfe und dass ich es ihm zurückgeben solle, wenn er wieder gesund werde. Wenn er durchkäme, sollte er mich auf andere Weise bezahlen; aber wenn er stürbe, sollte ich das Dokument aufbewahren. Vor etwa einem Monat starb er, und ich untersuchte das Papier. Es soll verraten, wo ein Piratenschatz vergraben ist. Und", fügte Edgar hinzu und sah mich streng an, als ob er mich auffordern würde, ihm zu widersprechen, „ich habe vor, danach zu graben!"

Hätte er mir erzählt, dass er vorhat, die Rocky Mountains in einem Baby Wright zu überqueren oder einen Cotillon anzuführen, hätte ich nicht erstaunter sein können. Ich fürchte, ich hätte laut gelacht.

„Du!", rief ich. „Nach einem vergrabenen Schatz suchen?"

Mein Tonfall verärgerte ihn sichtlich. Sogar die Brille strahlte Missbilligung aus.

„Ich finde die Idee nicht witzig", protestierte Edgar kalt. „Es ist ein reines Geschäftsmodell. Ich denke, der Aufwand wird gering sein, und wenn ich Erfolg habe, dürfte der Gewinn hoch sein; grob geschätzt etwa eine Million Dollar."

Auch heute noch kann kein echter Amerikaner angesichts einer Million Dollars in Deckung gehen. In seinem Brief an mich stand: „Zu unserem beiderseitigen Nutzen." Ich wurde respektvoll und höflich, ich könnte sogar sagen, unterwürfig. Schließlich sind die Bande, die uns in jenen guten alten College-Tagen verbanden, nicht leichtfertig zu missachten.

„Wenn ich Ihnen irgendwie behilflich sein kann, Edgar, alter Mann", versicherte ich ihm herzlich, „wenn ich Ihnen helfen kann, es zu finden, dann werde ich mich, das wissen Sie, sehr freuen." Mit Bedauern stellte ich fest, dass mein großzügiges Angebot ihn offenbar nicht tief bewegte.

„Ich habe mich in dieser Angelegenheit an Sie gewandt", fuhr er steif fort, „weil Sie mir zu der Art Mensch zu gehören schienen, der an der Suche nach vergrabenen Schätzen interessiert wäre."

„Das bin ich", rief ich aus. „Das war ich schon immer."

„Haben Sie", fragte er prüfend, „irgendwelche praktische Erfahrungen?"

Ich versuchte, gelassen zu wirken, wusste aber genau, wie sich der Mann fühlt, der sich als Hausmeister für Ihren Heizkessel bewirbt, wenn Sie ihn fragen, ob er auch einen Dynamo mit 60 PS betreiben kann.

„Ich habe noch nie einen vergrabenen Schatz *gefunden* ", gab ich zu, „aber ich weiß, wo viele davon sind, und ich weiß genau, wie ich sie finden kann." Ich bemühte mich, ihn mit meinem Fachwissen zu blenden.

„Natürlich", fuhr ich unbekümmert fort. „Ich kenne alle Expeditionen, die versucht haben, die Kokosinsel zu finden, und ich weiß alles über den peruanischen Schatz auf Trinidad und die verlorenen Schätze von Jalisco bei Guadalajara und die gesunkene Galeone auf Grand Cayman. Als ich auf der Isle of Pines war, bekam ich mehrere sehr verlockende Angebote, dort zu suchen. Und der verstorbene Kapitän Boynton lud mich ein —"

„Aber", unterbrach ihn Edgar in einem Ton, der keine Kleinigkeiten duldete, „Sie selbst haben nie eine Expedition finanziert oder organisiert, deren Ziel …"

„Oh, dieser Teil ist einfach!", versicherte ich ihm. „Den Teil mit der Ausrüstung können Sie getrost mir überlassen." Ich hegte eine Zuversicht, von der ich hoffte, er würde sie für echt halten. „Im Eriebecken gibt es immer einen Trampdampfer", sagte ich, „den man für jede Art von Abenteuer chartern kann, und ich habe die Adressen von genug Glücksrittern, Filibustern und Berufsrevolutionären, um ein Schlachtschiff zu bemannen, allesamt nette Kerle in der Klemme. Und ich verspreche Ihnen, sie werden uns bis in die Hölle und zurück folgen –"

„Das!", rief Edgar, „ist genau das, was ich befürchtet habe!"

„Ich bitte um Verzeihung!", rief ich.

„Genau das will ich *nicht* ", sagte Edgar streng. „Ich habe nicht *vor* , in irgendwelche Zwickmühlen zu geraten. Ich *will nicht* in die Hölle!"

Ich sah ein, dass ich ihn mit meiner Begeisterung vielleicht erschreckt hatte. Ich fuhr gelassener fort.

„Eine Schatzsuche", betonte ich, „ist nie ohne Risiko. Man muss diszipliniert sein und die Männer gut auswählen. Was, wenn es eine Meuterei gibt? Was, wenn sie versuchen, uns auf dem Heimweg den Schatz zu rauben? Wir brauchen Männer, auf die wir uns verlassen können, und Männer, die wissen, wie man eine Winchester lädt. Ich kann euch beide besorgen. Und Bannerman wird mich mit allem versorgen, von einem Paar Leggings bis zu einem Schnellfeuergewehr, und in der Clark Street machen sie mir einen Sonderpreis für Schiffsbedarf, Hydraulikpumpen, Taucherhelme –"

Edgars Augengläser vereisten sich vor kalter, verurteilender Verachtung. Er schüttelte angewidert den Kopf.

„Ich hatte Angst davor!", murmelte er.

Ich bemühte mich, ihn zu beruhigen.

„Ein bisschen Gefahr", lachte ich, „macht den Spaß nur noch größer."

„Ich möchte, dass Sie verstehen", rief Edgar empört, „dass es keine Gefahr gibt. Es wird keinen Spaß machen. Das ist ein reines Geschäftsangebot. Ich habe Ihnen diese Fragen nur gestellt, um Sie zu testen. Und Sie sind genau so an die Sache herangegangen, wie ich es befürchtet hatte. Ich war darauf vorbereitet. Tatsächlich", erklärte er beschämt, „habe ich mehrere Ihrer kleinen Geschichten gelesen und finde, dass sie voller Abenteuer, Blut und Donner sind; sie gehören nicht zur analytischen Schule der Fiktion. Nach ihnen zu urteilen", fügte er anklagend hinzu, „haben Sie eine Neigung zum Romantischen." Er sprach widerstrebend, als ob er sagen wollte, ich hätte eine Neigung zu epileptischen Anfällen oder Morphiumsucht.

„Ich fürchte", musste ich zugeben, „dass Piraten und vergrabene Schätze für mich immer Abenteuer bedeuten. Und Ihre Kritik an meinen Schriften ist wohlbemerkt. Andere haben dieselbe fatale Schwäche entdeckt. Wir können nicht alle", betonte ich, „uneinlaufsichere Flanellstoffe herstellen."

Bei diesem Kompliment zu seiner glücklicheren Lage schien Edgar weicher zu werden.

„Ich gebe zu", sagte er, „dass das Thema fast immer von Ihrem Standpunkt aus betrachtet wurde. Und was", fragte er triumphierend, „war das Ergebnis? Ein Misserfolg oder zumindest, bevor der Erfolg erreicht wurde, ein höchst unnötiger und bedauerlicher Verlust von Blut und Leben. Nun, bei meiner Expedition habe ich nicht die Absicht, dass Blut vergossen wird oder dass jemand sein Leben verliert. Ich bin nicht voreilig in diese Angelegenheit eingestiegen. Ich habe Informationen gesammelt und beabsichtige, aus den Fehlern anderer Leute zu lernen. Als ich mich entschied, damit fortzufahren", erklärte er, „las ich alle Bücher, die sich mit der Suche nach vergrabenen Schätzen befassen, und ich fand heraus, dass in jedem Fall die gleichen Fehler gemacht wurden und dass es dann, um die Fehler zu korrigieren, ausnahmslos notwendig war, jemanden zu töten. Wenn ich diese Fehler jetzt nicht mehr mache, ist es für mich nicht mehr notwendig, jemanden zu töten, und niemand wird eine Chance haben, mich zu töten.

„Sie schlagen vor, dass wir einen Schoner ausrüsten und eine Mannschaft anheuern. Was wird passieren? Ein Mann mit einem Säbelhieb quer über der Stirn oder mit einem schwarzen Fleck über einem Auge wird unweigerlich zu dieser Mannschaft gehören. Und sobald wir ablegen, wird er sofort anfangen, gegen uns zu intrigieren. Ein Schiffsjunge, von dem die Verschwörer glauben, er schlafe in seiner Koje, wird ihre Verschwörung belauschen und zum Achterdeck rennen, um zu warnen; aber dann ertönt ein Pistolenschuss und der Schiffsjunge fällt am Fuß der Niedergangsleiter. Der Schiffsjunge ist immer der Erste, der geht. Danach töten die Meuterer den Ersten Maat, sperren uns in unsere Kabine und übernehmen das Schiff. Dann werden sie ein Fass Rum anstechen und wir werden die ganze Nacht ihrem betrunkenen Geheul lauschen und vom Kabinendeck aus zusehen, wie die Leiche des Ersten Maat in den Speigatten rollt.“

„Aber Sie vergessen“, protestierte ich eifrig, „dass es immer *ein* treues Mitglied der Mannschaft gibt, das –“

Edgar unterbrach mich ungeduldig.

„Ich habe ihn nicht übersehen“, sagte er. „Er ist ein jamaikanischer Neger von gigantischen Ausmaßen oder der Schiffskoch; aber er kriegt immer sein Geld, und zwar richtig. Sie werfen *ihn* den Haien zum Fraß vor! Dann kampieren wir alle auf einer einsamen Insel, die nur von Ziegen bewohnt ist, und wir bauen eine Palisade, und die Meuterer kommen, um unter einer weißen Flagge mit uns zu verhandeln, und wir, die ganz auf ihre Ehre vertrauen, sind dumm genug, hinauszugehen und mit ihnen zu reden. Daraufhin schießen sie auf uns und ziehen sich verächtlich lachend zurück.“ Edgar fixierte mich anklagend mit seinen Augengläsern.

„Habe ich recht oder unrecht?“, wollte er wissen. Ich konnte nicht antworten.

„Der einzige Mann“, fuhr Edgar hitzig fort, „der in dieser Angelegenheit auch nur die geringste Intelligenz zeigte, war der Kerl im ‚Gold Bug‘. *Er* hielt den Mund. Er ließ niemanden wissen, dass er hinter einem vergrabenen Schatz her war, bis er ihn fand. Das bin ich! Jetzt weiß ich *genau,* wo dieser Schatz ist, und –“

Ich nehme an, ich muss unwillkürlich vor Interesse zusammengezuckt sein, denn Edgar hielt inne und schüttelte verschmitzt und listig den Kopf. „Und wenn Sie glauben, dass ich die Karte jetzt bei mir habe“, erklärte er triumphierend, „dann müssen Sie noch einmal raten!“

„Wirklich“, protestierte ich, „ich hatte nicht die Absicht –“

„Sie vielleicht nicht“, sagte Edgar widerwillig. „Aber Ihr japanischer Diener versteckt sich hinter diesen Vorhängen, folgt mir nach Hause und nachts …“

„Ich habe keinen Diener“, wandte ich ein.

Edgar lächelte nur mit der ärgerlichsten Selbstgefälligkeit. „Es macht keinen Unterschied“, erklärte er. „ *Niemand* wird diese Karte jemals finden oder sehen oder wissen, wo dieser Schatz ist, bis *ich* auf die Stelle zeige.“

„Ihre Vorsicht ist bewundernswert“, sagte ich. „Aber“, höhnte ich, „wie kommen Sie auf die Idee, dass Sie die Stelle zeigen können, wenn auf Ihrer Karte so etwas steht wie: ‚Durch das Sunken Valley zum Witch’s Caldron, vier Punkte nordöstlich nach Gallows Hill, wo der Schatten bei Sonnenaufgang fällt, fünfzig Faden westlich, fünfzig Schritte nördlich, Luftlinie, zu den Seven Wells‘? Wie zum Teufel“, fragte ich, „soll irgendjemand *diese* Stelle zeigen?“

„Das ist nicht diese Art von Karte“, rief Edgar triumphierend. „Wenn es so gewesen wäre, hätte ich nicht weitergemacht. Es ist eine Karte, die jeder lesen kann, außer einem portugiesischen Mischlingsmatrosen. Es ist so eindeutig wie eine Wäschereirechnung. Da steht“, er hielt besorgt inne und fuhr dann vorsichtig fort, „da steht, an diesem und jenem Ort ist etwas. So viele Etwasse von diesem Etwas sind drei, wie-auch-immer-sie-nennen-mögen, und in der Mitte dieser drei, wie-auch-immer-sie-nennen-mögen-mögen-sie ist der Schatz vergraben. So eindeutig ist das!"

„Selbst mit den wenigen Einzelheiten, die Ihnen entgangen sind", sagte ich, „könnte ich *diese* Stelle im Schlaf finden."

„Das glaube ich nicht", sagte Edgar unbehaglich; aber ich konnte sehen, dass er sich im Geiste gewarnt hatte, weniger mitteilsam zu sein. „Und", fuhr er fort, „ich bin bereit, Sie dorthin zu führen, wenn Sie bestimmte Bedingungen akzeptieren."

Edgars beleidigende Vorsicht hatte mich erschüttert.

„Warum glauben Sie, dass Sie MIR vertrauen können?", fragte ich hochmütig. Und dann fiel mir mein Anteil an der Million Dollar ein und ich fügte hastig hinzu: „Ich akzeptiere die Bedingungen."

ein gewisses Risiko eingehen ", fuhr Edgar fort. „Aber ich bin sicher", sagte er und blickte mich zweifelnd an, „dass Sie sich nicht zu einem offenen Raubüberfall herablassen würden." Ich dankte ihm.

„Nun, bis man in Versuchung gerät", sagte Edgar, „weiß man nie, *was* man tun könnte. Und ich *brauche einfach* einen anderen Mann, und ich habe mich auf dich gestürzt, weil ich dachte, du könntest darüber schreiben."

„Ich verstehe", sagte ich, „ich soll als Historiker der Expedition fungieren."

„Das wird später geregelt", sagte Edgar. „Ich brauche dich vor allem zum Graben. *Kannst* du graben?", fragte er eifrig. Ich sagte ihm, dass ich das könne, aber dass ich fast alles andere lieber machen würde.

„Ich *brauche* noch einen Mann", wiederholte Edgar, „einen Mann, der stark genug ist, um zu graben, und stark genug, um der Versuchung zu widerstehen, mich zu ermorden." Die Erwiderung war so einfach, dass ich sie durchgehen ließ. Außerdem wäre sie bei Edgar umsonst gewesen.

„Ich *denke*, das reicht", sagte er widerstrebend. „Und jetzt die Bedingungen!"

Ich lächelte zustimmend.

„Sie haben bereits Geheimhaltung geschworen", sagte Edgar. „Und Sie verpflichten sich jetzt, mir bis ins kleinste Detail zu gehorchen und mich zu einem bestimmten Ort zu begleiten, an dem Sie graben werden. Wenn ich den Schatz finde, verpflichten Sie sich, mir zu helfen, ihn zu bewachen und ihn dorthin zu bringen, wo ich es für sicher halte. Ihre Verantwortung endet dann. Ein Jahr nach der Entdeckung des Schatzes können Sie den Bericht über die Expedition schreiben. Für das, was Sie schreiben, wird Ihnen eine Zeitschrift vielleicht etwas zahlen. Was diese Ihnen zahlt, ist Ihr Anteil am Schatz."

Von meinem Anteil an der Million Dollar, der, wie ich hastig berechnet hatte, nicht weniger als ein Fünftel betragen konnte, hatte ich bereits über hunderttausend Dollar ausgegeben und lebte weit über meine Verhältnisse. Ich hatte eine Farm mit Ufer am Sund gekauft, ein Motorboot und, da ich nicht sicher war, welche Marke ich bevorzugte, drei Autos. Ich hatte auf eigene Kosten ein Stück von mir produziert, das kein Regisseur zu schätzen wusste, und sein Name in elektrischen Lichtern blendete bereits den Broadway. Ich hatte ein Hollander-Schnellgewehr gekauft, eine *echte* Zigarrenspitze aus Bernstein, einen Privatsekretär, der sowohl Ragtime als auch Tennis spielen konnte, und einen Pelzmantel. So ließ mich Edgars großzügiges Angebot nackt zurück. Als ich mich wieder an die Enge meiner Wohnung und den Ruck der Straßenbahnen gewöhnt hatte, fragte ich demütig:

„Ist das *alles, was* ich bekomme?"

„Warum sollten Sie mehr erwarten?", fragte Edgar. „Es ist nicht *Ihr* Schatz. Sie würden doch nicht erwarten, dass ich Ihnen eine Beteiligung an meinen Fabriken schenke. Warum sollten Sie einen Anteil an meinem Schatz bekommen?" Er sah mich vorwurfsvoll an. „Ich dachte, Sie würden sich freuen", sagte er. „Es muss schwer sein, sich Dinge auszudenken, über die man schreiben kann, und ich gebe Ihnen ein Thema umsonst. Ich dachte", protestierte er, „Sie würden die Chance ergreifen. Es kommt nicht jeden Tag vor, dass ein Mann nach vergrabenen Schätzen gräbt."

„Das ist schon in Ordnung", sagte ich. „Vielleicht weiß ich das genauso zu schätzen wie Sie. Aber meine Zeit hat einen gewissen geringen Wert, und ich kann meine Arbeit nicht einfach wegen der Aufregung aufgeben. Wir können Wochen, Monate brauchen – wie lange, glauben Sie, werden wir –"

Hinter seiner Brille zwinkerte Edgar vorwurfsvoll.

„Das ist eine Suggestivfrage", sagte er. „Ich werde alle Ihre legitimen Ausgaben bezahlen – Fahrtkosten, Verpflegung, Unterkunft. Es kostet Sie keinen Cent. Und Sie schreiben die Geschichte – ohne meinen Namen zu erwähnen", fügte er hastig hinzu; „das würde meinem Ansehen in der Branche schaden", erklärte er, „und werden dafür bezahlt."

Ich sah eine Seereise auf Edgars Kosten. Ich sah Palmblätter, Korallenriffe. Ich spürte, wie meine Muskeln schmerzten und mir der Schweiß von Nacken und Schultern rann, als ich meine Spitzhacke in die Goldkiste rammte.

„Ich komme mit!", sagte ich. Wir schüttelten uns die Hände. „Wann fangen wir an?", fragte ich.

„Jetzt!", sagte Edgar. Ich dachte, er wollte mich auf die Probe stellen; er hatte eine meiner Lieblingsvorlieben angesprochen.

„Das können Sie mit mir nicht machen!", sagte ich. „Meine Koffer sind gepackt und bereit für jeden Ort der weiten Welt, außer für die kalten. Ich kann sofort los. Wo ist es, die Goldküste, die Elfenbeinküste, das spanische Festland –"

Edgar runzelte unergründlich die Stirn. „Haben Sie einen leeren Koffer?", fragte er.

„Warum LEER?", fragte ich.

„Um den Schatz zu tragen", sagte Edgar. „Meinen habe ich im Flur liegen lassen. Wir brauchen zwei."

„Und deine Badehose?", sagte ich.

„Es werden keine Koffer kommen", sagte Edgar. Aus seiner Tasche hatte er einen Prospekt der New Jersey Central Railroad gezogen. „Wenn wir uns beeilen", rief er, „können wir den Express um 10:30 Uhr erwischen und rechtzeitig zum Abendessen wieder in New York sein."

„Und was ist mit dem Schatz?", brüllte ich.

„Wir nehmen es mit", sagte Edgar.

Ich bat um Informationen. Ich verlangte vertrauliche Informationen. Edgar lehnte beides ab. Ich bestand darauf, dass man mir zumindest erlauben würde, meine automatische Pistole zu tragen. „Angenommen, jemand versucht, uns den Schatz wegzunehmen?", fragte ich.

„Niemand", sagte Edgar streng, „wäre so ein Esel, zu glauben, wir würden einen vergrabenen Schatz in einem Koffer transportieren. Er würde denken, dass darin ein Pyjama ist."

„Um das Lokalkolorit zu wahren", bat ich, „möchte ich in meiner Geschichte erwähnen, dass ich schwer bewaffnet war."

„Dann sag es", fauchte Edgar. „Aber du kannst es nicht *tun*! Nicht mit mir, das kannst du nicht! Woher weiß ich, dass du nicht …" Er schüttelte vorsichtig den Kopf.

Es war ein Tag Anfang Oktober, der Dunst des Altweibersommers lag in der Luft, und als wir mit der Twenty-third Street Ferry den North River überquerten, blitzte die Sonne auf den weißen Wolken über uns und dem tosenden Wasser unter uns auf. Zu beiden Seiten von uns lagen große Schiffe mit der Blue Peter am Vorschiff an den Kais, bereit zum Ablegen, oder sie steuerten bereits den Kanal hinunter auf seltsame und schöne Häfen zu. Lamport und Holt rollten hinunter nach Rio; die *Magdalena der Royal Mail* , nicht mehr „weiß und golden", war auf dem Weg nach Kingston, wo einst sieben Piraten in Ketten schwangen; die *Clyde* war auf dem Weg nach Haiti, woher die Freibeuter kamen; die *Morro Castle* war auf dem Weg nach Havanna, das Morgan, der König aller Piraten, einst zu seinem Eigentum gemacht hatte; und die *Red D* dampfte nach Porto Cabello, wo Sir Francis Drake, ein ebenso großer Freibeuter wie nur irgendein anderer, in ihrem Hafen begraben liegt. Und *ich* brach auf zu einer Schatzsuche auf einem stumpfnasigen, flachbäuchigen Süßwasserfährschiff, Richtung Jersey City! Niemand wird je meine Demütigung spüren. Und als der italienische Junge meine makellosen hellbraunen Schuhe beleidigte, indem er darauf zeigte und „Putz" sagte, hätte ich ihn umbringen können. Wie wäre es, in frisch lackierten Stiefeln nach einem Schatz zu graben! Aber Edgar störte das nicht. Für ihn fehlte nichts; es war genau so, wie es sein sollte. Er war ganz vertieft darin, auszurechnen, wie viele Büros im Singer Building zu vermieten waren!

Als wir die andere Seite erreichten, weigerte er sich, meine eifrigen Fragen zu beantworten. Er wollte mir nicht einmal sagen, für welchen Platz in der Schlange er unsere Tickets gekauft hatte, und als Zeichen, dass ich ihn nicht stören sollte, drückte er mir die neuesten Zeitschriften in die Hand. „Erzählen Sie mir wenigstens das", verlangte ich. „Waren Sie vor heute schon einmal hier?"

„Einmal", sagte Edgar kurz, „letzte Woche. Da merkte ich, dass ich jemanden brauchte, der graben konnte."

„Woher weißt du, dass das der *richtige* Ort ist?", flüsterte ich.

Die Sommersaison war vorüber und wir waren die einzigen Insassen des Sessellifts. Doch bevor er antwortete, blickte Edgar vorsichtig um sich und aus dem Fenster. Wir hatten gerade Red Bank passiert.

„Weil es auf der Karte stand", antwortete er. „Angenommen", fuhr er gereizt fort, „Sie hätten eine Karte von New York City, auf der die Straßen deutlich eingezeichnet sind? Angenommen, auf der Karte stünde, dass Sie das Flatiron

Building finden würden, wenn Sie bis zur Kreuzung von Broadway und Fifth Avenue gingen. Glauben Sie, Sie könnten es finden?"

„War es so einfach *?* ", keuchte ich.

„So einfach war *das!* ", sagte Edgar.

Ich sank in meinen Stuhl zurück und ließ die Zeitschriften auf den Boden gleiten. Welche fiktive Geschichte war in einer von ihnen so fesselnd wie die tatsächlichen Möglichkeiten, die vor mir lagen? In zwei Stunden würde ich vielleicht über einem Topf voll Gold sitzen, einer Seetruhe voller Perlen und Rubine!

Ich erinnerte mich an all die Geschichten, die ich als Junge gehört hatte, über Schätze, die Kidd auf seiner Rückreise aus Indien an der Küste vergraben hatte. Wo entlang der Küste von Jersey gab es sichere Häfen? Der Zug, mit dem wir nach Süden rasten, hatte seinen Endbahnhof in Barnegat Bay. Und zwischen Barnegat und Red Bank gab es jetzt nur noch eine weitere Bucht, die des Manasquan River. Es konnte Barnegat sein, es konnte Manasquan sein. Von beiden konnte es nicht weit entfernt sein, denn Seeleute hätten ihre Last nicht weit vom Schiff weggetragen. Ich warf Edgar einen flehenden Blick zu. Er lächelte glücklich über „Pucks Ernte". Wir passierten Asbury Park und Ocean Grove, hielten in Sea Girt und wieder in Manasquan; aber Egdar bewegte sich nicht. Die nächste Station war Point Pleasant, und als der Zug anhielt, stand Edgar ruhig auf und griff nach seinem Koffer.

„Wir steigen hier aus", sagte er.

Am Bahnhof standen drei durchbrochene Pferdekutschen mit Fransen an der Spitze. Von jeder Kutsche winkte uns ein kleiner Junge mit seiner Peitsche zu.

„Curtis House? The Gladstone? The Cottage in the Pines?", skandierten sie einladend.

„Bring mich zu einem Baumarkt“, sagte Edgar, „da kann man einen Spaten kaufen.“ Als wir anhielten, wollte ich absteigen, aber Edgar hielt mich davon ab.

Ich protestierte empört: „Ich habe zu dieser Expedition nicht *viel* zu sagen“, rief ich aus, „aber da *ich* graben muss, beabsichtige ich, mir den Spaten selbst auszusuchen.“

Edgars Brille blitzte trotzig auf. „Sie haben mir Ihr Wort gegeben, mir zu gehorchen“, sagte er streng. „Wenn Sie nicht gehorchen wollen, können Sie in zehn Minuten mit dem nächsten Zug zurückkommen.“

Ich sank in meinen Sitz. In einem Augenblick war die Meuterei niedergeschlagen. Nicht einmal ein Schiffsjunge war gefallen! Edgar kam mit einer Schaufel, einer Axt und einer Spitzhacke zurück. Er legte sie auf den Sitz neben dem jungen Fahrer.

„Wie heißt du, Junge?“, fragte er.

„Rupert“, sagte der Junge.

„Rupert“, fuhr Edgar fort, „fahr uns zum Strand. Wenn du zu den Badepavillons kommst, geh weiter am Ufer entlang in Richtung Manasquan Inlet.“ Er berührte den Spaten mit der Hand. „Ich habe ein Baugrundstück am Strand gekauft“, erklärte er, „und werde ein Loch graben und einen Fahnenmast aufstellen.“

Ich war außer mir vor Empörung. Als Romanautor war meine Selbstachtung beleidigt.

„Wenn es noch weitere Lügen zu erzählen gibt“, flüsterte ich, „lasst sie *mich bitte* erzählen. Eure Erfindung ist plump, lächerlich! Warum“, fragte ich, „sollte irgendjemand im Oktober einen Fahnenmast an einem windgepeitschten Strand aufstellen wollen? Es ist nicht die Jahreszeit für Fahnenmasten. Außerdem“, höhnte ich, „wo ist euer Fahnenmast? Ist er im Koffer versteckt?“

Edgar runzelte unbehaglich die Stirn und berührte den Jungen an der Schulter.

„Der Fahnenmast selbst", erklärte er, „wird morgen per Express abtransportiert."

Der Junge gähnte und schlug mit den Zügeln auf die Flanken seines Pferdes. „Aufstehen!", sagte er.

Wir überquerten die Bahngleise und bewegten uns auf einer breiten Sandstraße in Richtung Meer. Die Saison war vorüber und die Fenster der Hütten und Bungalows auf beiden Seiten der Straße waren mit Brettern verbarrikadiert. Auf den Veranden hingen zerfetzte Hängematten, die dem Wind ausgesetzt waren, auf den hinteren Veranden schwangen die Türen leerer Kühlschränke an einem Scharnier auf und auf allen Seiten über den Feldern prächtiger Goldruten-Rosen standen Schilder mit der Aufschrift „Zu vermieten". Als wir eine Meile schweigend weitergegangen waren, verlor sich die Sandstraße im tieferen Sand des Strandes und das Pferd kam aus eigenem Antrieb zum Stehen. Auf der einen Seite waren wir von verschlossenen und verlassenen Badehäusern umgeben, auf der anderen von leeren Pavillons, die gegen den Winter mit Fensterläden und Gittern verriegelt waren, aber dennoch dazu einluden, „unsere Salzwasser-Toffees zu probieren" oder „sich mit einem Eiscreme-Soda *abzukühlen* ". Rupert drehte sich um und sah Edgar fragend an. Im Norden erstreckte sich der Strand in einer ununterbrochenen Linie bis zur Manasquan Inlet. Drei Meilen weiter südlich konnten wir wie eine Fata Morgana die Hotels und Sommerhäuser von Bay Head am Horizont schweben sehen.

„Fahren Sie in Richtung der Bucht", wies Edgar an. „Dieser Herr und ich gehen zu Fuß."

Ohne unser Gewicht stolperte das Pferd tapfer in den weglosen Sand, während wir unten auf dem feuchteren und festeren Kies am Wasserrand entlanggingen.

Die Flut kam, und die erschöpften Wellen, die vor sich eine Vorhut aus winzigen Muscheln und Kieselsteinen ausbreiteten, bedrohten unsere Stiefel und warnten uns gleichzeitig mit beruhigendem, trägem Flüstern vor ihrem

Angriff. Dieses lispelnde Gemurmel und das Krachen und Brüllen jeder herankommenden Welle, wenn sie brach, waren die einzigen Geräusche. Und am Strand waren wir die einzigen menschlichen Gestalten. Endlich begann die Szene einer Abenteuerkulisse zu ähneln. Der rollende Ozean, ein Küstendampfer, der eine große schwarze Rauchsäule hinter sich herzog, und hoch auf den Strand geworfen das Wrack eines Schoners, dessen Masten sich betrunken neigten, gaben unserem Vorhaben Farbe. Es wurde mit größerem Dramatikversprechen erfüllt, malerischer. Ich begann vor Aufregung zu zittern. Ich sah Edgar flehend an, in eifriger Bitte. Endlich brach er das Schweigen, das mich quälte.

„Wir gehen jetzt höher hinauf", befahl er. „Wenn unsere Füße nass werden, erkälten wir uns vielleicht."

Ich war zu niedergeschlagen, um zu antworten. Aber zu meiner Erleichterung sah ich, dass Edgar mit seinem Weggehen vom Strand noch ein zweites Ziel verfolgte. Mit jedem schweren Schritt näherte er sich zwei hohen Sandbänken in einer Senke, hinter der, geschützt durch die Bänke, drei verkrüppelte, vom Wind getriebene Kiefern standen. Seine Worte fielen mir wieder ein.

„So viele, wie man sie nennen mag." Waren diese Kiefern die drei Etwasse von etwas, die, wie man sie nennen mag? Der Gedanke lief mir bis in den Rücken. Ich starrte sie fasziniert an. Ich hatte das Gefühl, auf die Knie in den Sand zu fallen und ihnen mit bloßen Händen ihr Geheimnis zu entreißen. Ich war stark genug, sie mitsamt der Wurzel auszugraben, stark genug, um den Panamakanal zu graben! Ich blickte zitternd zu Edgar hinüber. Seine Augen waren weit geöffnet und sein Unterkiefer war herabgefallen, beredt vor Bestürzung. Er drehte sich um und sah mich zum ersten Mal nachdenklich an. Entschuldigung und Reue standen in jeder Zeile seines Gesichtsausdrucks geschrieben.

„Es tut mir leid", stammelte er. „Ich hatte eine grausame Vorahnung." Rief ich verzweifelt.

„Du hast die Karte verloren!", zischte ich.

„Nein, nein", protestierte Edgar, „aber ich habe ganz vergessen, mir ein Mittagessen mitzubringen!"

Unter heftigem Gemurmel riss ich mir die Ober- und Unterbekleidung vom Leib und warf sie in den Stall.

„Wo soll ich anfangen?", fragte ich.

Edgar zeigte auf einen Punkt innerhalb des von den drei Bäumen gebildeten Dreiecks und in gleichem Abstand von jedem Baum.

„Bringt das Pferd hinter die Böschung", befahl ich, „wo es niemand sehen kann! Und ihr beide, Rupert, haltet euch vom Horizont fern!" Von Norden und Süden waren wir jetzt alle drei durch die beiden hohen Sandbänke verborgen; im Osten lagen der Strand und der Atlantische Ozean, und im Westen erstreckten sich ausgedehnte Sümpfe, die eine Meile entfernt an einen Kiefernwald und das Lokschuppen der Eisenbahn grenzten.

Ich begann zu graben. Ich wusste, dass ermüdende Stunden vor mir lagen, und nahm den Sand gemächlich und mit Bedacht in Angriff. Anfangs war es keine große Anstrengung, aber als das Loch tiefer wurde und die Wurzeln der Bäume freilagen, reichte die Arbeit für mehrere Männer. Doch wie Edgar gesagt hatte, kann man nicht alle Tage nach Schätzen graben, und beim Gedanken an das, was kommen würde, vergaß ich meine Hände, die schnell Blasen bekamen, und meinen brechenden Rücken. Nach einer Stunde bestand ich darauf, dass Edgar auch an die Reihe kommen sollte, aber er kam so schlecht voran, dass meine Geduld mir die Geduld raubte, und ich sagte ihm, ich sei ausreichend ausgeruht und würde weitermachen. Bereitwillig kletterte er aus dem Loch, nahm eine Zigarre aus meinem Etui und setzte sich bequem in die Kutsche. Ich tröstete mich mit der Vorfreude auf den Nervenkitzel, den ich verspüren würde, wenn die Schaufel auf der eisenbeschlagenen Truhe klingeln würde; dann würde ich mit einem Axthieb die verborgenen Juwelen freilegen, die mit Grünspan überzogenen Achterstücke, die Perlenkette, die Ketten aus Gelbgold. Edgar hatte eine Million Dollar gesagt. Das musste bedeuten, dass es Diamanten geben würde, viele Diamanten. Ich würde sie in meinen Händen halten, sie beobachten, wie sie im plötzlichen Sonnenschein blinzeln und in winzige, brennende Feuer ausbrechen. In meiner Vorstellung würde ich sie wieder in die Fassung zurücklegen, aus der sie vor Jahren gestohlen worden waren. Ich würde versuchen zu erraten, woher sie kamen: aus einem juwelenbesetzten Kelch in einer dunklen Kathedrale, aus der Brust einer großen Dame, aus dem Griff des Schwertes eines Admirals.

Nach einer weiteren Stunde hob ich meine schmerzenden Schultern, wischte mir den Schweiß aus den Augen und blickte über den Rand des Lochs. Rupert, der mit dem Rücken zum Sandhügel stand, schlief. Edgar verscheuchte mit einer Hand die Mücken und hielt in der anderen eine der Zeitschriften, die er auf dem Weg nach unten gekauft hatte. Ich konnte sogar die Seite sehen, auf die sein Blick geheftet war. Es war eine Anzeige für Frühstücksnahrung. In meiner Empörung glitt der Spaten durch meine verkrampften und schwitzenden Finger, und als er auf den Boden der Grube aufschlug, gab etwas – ein Eisenband, ein Stahlschloss, ein Eisenring – ein gedämpftes Geräusch von sich. Mein Herz hörte so plötzlich auf zu schlagen, als hätte Mr. Corbett mit der Faust darauf geschlagen. Mein Blut verwandelte sich in geschmolzenes Eis. Ich stieß den Spaten so heftig in die Tiefe, als wäre es ein Dolch. Er bohrte sich in morsches Holz. Ich hatte kein Geräusch gemacht, denn ich konnte kaum atmen. Aber das leise Geräusch des Schlags hatte Edgar erreicht. Ich hörte die Federn des Wagens knarren, als er sich davonschwang, und im nächsten Moment ragte er über mir auf und spähte in die Grube hinab. Seine Augen waren weit aufgerissen vor Aufregung, Gier und Angst. In seinen Händen hielt er die beiden Koffer. Wie ein Löwe, der seine Jungen verteidigt, starrte er mich an.

„Raus!", schrie er.

In seinen Händen hielt er die beiden Koffer. … „Raus!", schrie er.

„Wie die Hölle!", sagte ich.

„Raus!", brüllte er. „Ich erledige den Rest. Das gehört mir, nicht dir! *Raus!* "

Mit einem schnellen Tritt wischte ich den Sand weg. Ich stellte fest, dass ich auf einer gedrungenen Holzkiste stand, die mit rostigen Eisenbändern umwickelt war. Ich musste mich nur bücken, um sie zu berühren. Sie war so verrottet, dass ich sie mit bloßen Händen hätte zerreißen können. Edgar tanzte am Rand der Grube und kickte mir dabei Sand in Mund und Nase.

„Du hast es mir *versprochen* !", brüllte er. „Du *hast versprochen*, mir zu gehorchen!"

„Du Arsch!", schrie ich. „Habe ich nicht die ganze Arbeit gemacht? Bekomme ich nicht …"

„Raus hier!", brüllte Edgar.

Langsam, angewidert und mit der Würde, die man beim Herauskriechen aus einer Sandgrube an den Tag legen kann, kletterte ich nach oben.

„Gehen Sie dort rüber", befahl Edgar und zeigte mit dem Finger darauf, „und setzen Sie sich."

In wütendem Schweigen setzte ich mich neben Rupert. Er schlummerte noch immer und schnarchte fröhlich. Von meinem Platz aus konnte ich nichts von dem sehen, was in der Grube vor sich ging, außer einmal, als Edgars Kopf mit flammenden Augen und mit Sand bestreutem Haar und Brille darüber auftauchte. Offenbar hatte er Angst, ich könnte mich von der Stelle bewegen, auf die er mich gesetzt hatte. Das hatte ich nicht; aber hätte er meine innersten Gefühle gekannt, hätte er die Axt mit in die Grube genommen.

So muss ich eine halbe Stunde gesessen haben. Über mir am Himmel trieb träge ein Fischadler. Vom Strand her ertönte das gleichmäßige Rauschen der Wellen, und aus der Stadt über die Sümpfe herüber drang das Schnaufen einer Lokomotive und das Läuten der Glocken der Güterzüge. Die Brise vom Meer kühlte den Schweiß auf meinem schmerzenden Körper, aber sie konnte die Wut in meinem Herzen nicht kühlen. Wenn ich den Mut meiner Gefühle gehabt hätte, hätte ich Edgar mit der Schaufel über den Kopf geschlagen, ihn in der Grube begraben, Rupert bestochen und für immer glücklich von meinen unrechtmäßig erworbenen Gewinnen gelebt. So hätten Kidd, Morgan oder Blackbeard gehandelt. Ich verfluchte die verkümmerte Zivilisation, die mich gelehrt hatte, viele Freuden zu wollen, mir aber ein Gewissen hinterlassen hatte, das mir nicht erlaubte, ein Menschenleben zu nehmen, um sie zu erlangen, nicht einmal Edgars Leben.

Nach einer halben Stunde kam ein Koffer zum Vorschein und fiel auf den Rand der Grube. Ihm folgte der andere und dann Edgar. Ohne mich um Hilfe zu bitten (wahrscheinlich wusste er, dass ich ihm nicht helfen würde), schaufelte er den Sand in das Loch und verstaute dann die Koffer im Waggon. Mit zunehmender Wut bemerkte ich, dass der Inhalt jedes Koffers so schwer war, dass er beide Hände zum Anheben brauchte.

„Es hat keinen Sinn, dass Sie Fragen stellen", verkündete er, „denn ich werde sie nicht beantworten."

Ich gab ihm genaue Anweisungen, wohin er gehen sollte, aber stattdessen fuhren wir in düsterem Schweigen zum Bahnhof. Dort belohnte Edgar Rupert mit zehn Cent, und während wir auf den Zug nach New York warteten, stellte er die beiden Koffer an die Wand des Fahrkartenschalters und setzte sich darauf. Als der Zug ankam, warnte er mich mit heiserem Flüstern, dass ich ihm versprochen hatte, ihm beim Bewachen des Schatzes zu helfen, und gab mir einen der Koffer. Er wog eine Tonne. Nur um Edgar zu ärgern, hatte ich vor, ihn mit einem Tritt aufzubrechen, damit jeder auf dem Bahnsteig nach dem Inhalt greifen konnte. Aber wieder hielt mich mein höllisches Neuengland-Gewissen zurück.

Edgar hatte den Salon im Salonwagen gesichert, und als wir sicher drinnen waren und die Tür verriegelt war, war meine Neugier stärker als mein Stolz.

„Edgar", sagte ich, „Ihre Undankbarkeit ist verachtenswert. Ihr Verdacht ist lächerlich; aber unter diesen höchst ungewöhnlichen Umständen kann ich Ihnen das nicht verdenken. Aber jetzt sind wir völlig sicher. Die Tür ist verschlossen", bemerkte ich einschmeichelnd, „und dieser Zug hält erst in vierzig Minuten. Ich denke, das wäre ein ausgezeichneter Zeitpunkt, um sich den Schatz anzusehen."

„Ich nicht!", sagte Edgar.

Ich sank in meinen Stuhl zurück. Mit großem Vergnügen stellte ich mir vor, wie der Zug, in dem wir saßen, in einen anderen Zug stürzte und alle, einschließlich Edgar, oder besser gesagt, vor allem Edgar, sofort, aber schmerzlos getötet wurden. Durch solch einen Akt der allwissenden Vorsehung würde ich sofort Erbe einer Million Dollar werden. Es war ein wunderschöner, befriedigender Traum. Sogar MEIN Gewissen akzeptierte ihn mit einem selbstgefälligen Lächeln. Es war ein so lebendiger Traum, dass ich voller Schuldgefühle dasaß und auf den Zusammenstoß wartete, auf die Schreie und Schreie, auf den Rausch des austretenden Dampfes und der zerspringenden Fensterscheiben.

Aber es war viel zu schön, um wahr zu sein. Ohne ein Rütteln brachte uns der Zug mit seiner kostbaren Fracht sicher zum Bahnhof in Jersey City. Und jeder von uns eilte mit einer halben Million Dollar in der Hand zur Fähre, belagert von Gepäckträgern, Zeitungsjungen und Kutschern. Für sie waren wir ein paar Pendler, die ein paar Cent sparten, indem sie ihre eigenen Handtaschen trugen.

Es war inzwischen sechs Uhr, und ich machte Edgar darauf aufmerksam, dass zu dieser Stunde nur die Tresore der Night and Day Bank geöffnet waren. Und so machten wir uns sofort mit einem Taxi auf den Weg zu dieser Bank. Ich bezahlte den Chauffeur und ließ zwei Minuten später mit einem Seufzen der Erleichterung und Freude den Koffer, den ich mitgenommen hatte, auf einen Tisch in den stahlummauerten Tresorräumen fallen. Aufgeregt um uns versammelt hatten sich die Bankangestellten, die eilig von oben herbeigerufen worden waren, sowie Wachmänner in Zivil und Wachmänner in grauen Uniformen. Große Gitterstäbe, so dick wie mein Bein, schützten uns. Wände aus gekühltem Stahl, die aus massivem Fels ragten, standen zwischen unserem Schatz und der Außenwelt. Bis dahin hatte ich nicht gewusst, wie ungeheuer die nervliche Anspannung gewesen war; aber jetzt wurde es mir bewusst. Ich wischte mir den Schweiß von der Stirn und holte tief Luft.

„Edgar", rief ich glücklich, „ich gratuliere Ihnen!" Edgar hielt mir einen Zweidollarschein hin. „Sie haben dem Chauffeur zwei Dollar gegeben", sagte er. „Der Fahrpreis betrug eigentlich ein Dollar achtzig, also schulden Sie mir zwanzig Cent."

Mechanisch legte ich zwei Zehncentstücke auf den Tisch.

„Alle anderen Kosten", fuhr Edgar fort, „die ich zu zahlen vereinbart hatte, habe ich bezahlt." Er machte eine gebieterische Geste. „Ich werde Sie nicht länger aufhalten", sagte er. „Gute Nacht!"

„Gute Nacht!", rief ich. „Sehe ich den Schatz nicht?" Gegen die Wände aus gekühltem Stahl erhob sich meine Stimme wie die einer gequälten Seele. „Berühre ich ihn nicht!", schrie ich. „Bekomme ich nicht einmal ein Schielen?"

Sogar die Wächter sahen aus, als ob ich Mitleid mit ihnen hätte.

„Das tust du nicht!", sagte Edgar ruhig. „Du hast deinen Teil der Vereinbarung erfüllt. Ich habe meinen erfüllt. In einem Jahr kannst du die Geschichte schreiben." Als ich benommen auf die Stahltür zuging, hielt mich seine Stimme zurück.

„Und du kannst in deiner Geschichte sagen", rief Edgar, „dass es nur einen Weg gibt, an einen vergrabenen Schatz zu kommen. Und zwar, dass man losgeht und ihn holt!"